KIKA Superbruja

Bruño

Dirige la colección:
Trini Marull

Edición:
Cristina González

Ilustraciones:
Birgit Rieger

Traducción:
Rosa Pilar Blanco

Diseño de cubierta:
Miguel Ángel Parreño

Título original: *Hexe Lilli und der Zirkuszauber*

Maestro Alonso, 21
28028 Madrid

AKS64000060
ISBN: 84-216-3624-3
Depósito Legal: M-986-2004
Impresión: HUERTAS, Industrias Gráficas, S. A.
Printed in Spain

KNISTER

KIKA Superbruja y la magia del circo

Bruño

6.ª edición

Al final de este libro
encontrarás dos estupendos
trucos de circo.
Pero no seas impaciente
y… ¡espera a llegar
a la página 109!

Ésta es Kika,
la superbruja
protagonista
de nuestra historia.
Tiene más
o menos tu edad
y parece una niña
corriente y moliente.
Bueno, en realidad
lo es..., aunque no
del todo. Y es que
Kika posee algo muy poco común:
¡un libro de magia!

Una mañana, Kika encontró ese libro junto a su cama. ¿Que cómo llegó a parar allí? Ni idea.

Kika sólo sabe dos cosas: que la atolondrada bruja Elviruja se lo dejó olvidado en un descuido, y que el libro contiene auténticos encantamientos y loquísimos trucos de bruja. Kika ya ha probado algunos. Pero ¡cuidado...!

Será mejor que no intentes imitar los conjuros de Kika, porque…

Si al leer una palabra te equivocas,
tu cepillo de dientes se convertirá en escoba;
tu profesora, en una monstrua abominable,
y el helado que te estás comiendo,
en un pepinillo en vinagre.

Por si acaso, Kika Superbruja no le ha hablado a nadie de su fantástico libro. Es, como si dijéramos, una bruja auténtica, pero secreta. Ha ocultado la existencia del libro de magia incluso a Dani, su hermano pequeño, y esto no le ha resultado nada fácil, pues Dani es muy, pero que muy curioso, y a veces hasta puede resultar algo plasta. Pero, a pesar de todo, Kika le adora.

Bueno… y a continuación, ¡sumérgete en el placer de la superlectura con las aventuras de Kika Superbruja!

Capítulo 1

¡El circo ha llegado a la ciudad!

Y, lo que es todavía mejor, esta misma mañana los padres de Kika han sacado entradas para la función de gala del domingo. Ha sido una auténtica suerte, porque han conseguido justo las últimas que quedaban.

—¡Ojalá fuera ya domingo! —exclama Dani, muerto de impaciencia.

Sus padres han traído un cartel anunciador del circo que ahora está colgado en la puerta del cuarto de Dani.

El hermano de Kika se sienta a contemplarlo y empieza a soñar con ese maravilloso mundo…: atraviesa ruedas de fuego con los acróbatas, cabalga sobre elefantes, empuña el látigo en la jaula de las fieras…

Pero, de pronto, alguien le arranca de sus sueños.

—¡Hola, enano! —resuena una voz en el pasillo.

Es Kika, que acaba de llegar del colegio.

—¡Hola! —responde Dani—. Eh, Kika, quiero enseñarte algo chulísimo. Ven un momento.

Kika entra en la habitación de su hermano.

—Pero… ¿de qué te has disfrazado? —pregunta sorprendida al ver a Dani.

—¿Es que no te lo imaginas?

Dani, que se ha fabricado un turbante con una toalla, saca de su cinturón un cucharón de cocina, chasquea la lengua y recorre la habitación con paso lento y majestuoso. En la mano izquierda empuña el cucharón como si fuera un cetro, mientras con la derecha saluda a Kika con elegancia.

—¿No serás por casualidad… el príncipe indio que monta el elefante del circo? —sugiere Kika.

—¡Exacto! —exclama Dani muy contento—. Y mira esto...

Lleno de orgullo, se coloca un mantel como si fuera una capa y se planta muy tieso delante del cartel del circo.

—Bueno, ¿qué me dices? —pregunta, ansioso.

—Estás guapísimo —contesta su hermana con aire soñador—. Sólo que es una verdadera pena que… —de repente, Kika enmudece.

—¿Qué es una pena? —quiere saber Dani.

—Pues… que Mónica, mi mejor amiga, no pueda acompañarme al circo el domingo. Sus padres han intentado sacar entradas para ese día, pero ya estaban agotadas.

—Pues que vaya otro día —replica Dani, intentando consolar a su hermana—. Mi amigo Tony irá el jueves. Seguro que Mónica encuentra entradas para esa fecha.

—Es posible, pero a nosotras nos encantaría ir juntas. Además, la función de gala sólo es el domingo.

Dani no entiende eso de la función «de gala».

—Pero… ¿qué Gala es esa que sólo va a actuar el domingo?

Kika no puede aguantar la risa:

—¡No, no, Dani! «Gala» no es una artista. Una función «de gala» es una función especial en la que los artistas se esfuerzan por hacerlo lo mejor posible porque el alcalde y otras personalidades muy importantes asisten a ella.

De repente, a Kika se le ocurre una idea.

—Oye, Dani... Si todavía quedan entradas para el jueves, ¿por qué no vas tú ese día con Tony y me cedes tu entrada del domingo para Mónica? Así, los dos iríamos con nuestros amigos y seguro que nos divertiríamos muchísimo más.

Dani se sienta con las piernas cruzadas delante del cartel.

—De eso nada —replica tajante.

Era de esperar, sobre todo después del entusiasmo con el que Kika acaba de hablarle de la función de gala.

Pero Kika no se rinde fácilmente:

—No me negarás que sería mucho más divertido que cada uno de nosotros fuera al circo con su mejor amigo…

—Sí, claro, pero… —se resiste Dani.

Kika le interrumpe:

—Además, el jueves es *pasado mañana.* Ya no tendrías que esperar tanto tiempo para ir al circo…

—Me da igual —replica él—. Yo quiero ver la función de gala, así que, si quieres ir con tu amiga, cámbiale *tu* entrada a Tony y vais juntas el jueves.

—Por desgracia, eso es imposible. El jueves tengo clase de violín y no puedo faltar bajo ningún concepto, porque pronto tendremos que tocar en público. Si no fuera así, le cambiaría mi entrada a Tony en el acto, te lo aseguro. En fin…, ¿por qué no te lo piensas mejor? Figúrate: ¡pasado mañana estarías en el circo!

Dani se cierra en banda.

—Sí, pero... ¿y la función de gala, qué? —repite, tozudo.

Kika hace un gesto de desdén con la mano.

—Ah, eso... Pues mira, pensándolo bien, no me hace mucha gracia tener que asistir a ella. Por el riesgo, quiero decir...

—¿Riesgo?

Dani no entiende nada de nada y su hermana le explica muy seria:

—Las funciones de gala son muy peligrosas. ¡Hace poco volvió a producirse otro accidente! Hubo una catástrofe justo en una de ellas. Fue espantoso, hasta para los pobres animales…

Dani se levanta de un salto.

—¿Para los animales? —exclama, sorprendido—. ¿Qué quieres decir? Cuenta, cuenta… ¿Qué pasó?

Kika se suena la nariz para ganar tiempo y medita de manera febril. ¡Tiene que ocurrírsele algo a toda velocidad! Por fin comienza a hablar:

—Bueno, pues... Resulta que la gala iba a ser retransmitida por televisión y los artistas del circo querían hacerlo lo mejor posible. Todo empezó con el mago, que ese día quiso hacer un truco nuevo. Porque él siempre sacaba conejos de su sombrero de copa...

—¡Como el del cartel! —la interrumpe Dani mientras señala el que está colgado en la puerta de su habitación.

—¡Exacto! Pero, como te iba diciendo, ese día quiso probar un truco nuevo. El mago lo había ensayado mucho y creía que había llegado el momento de ponerlo en práctica ante el público. La primera vez quiso sacar una gallina del sombrero. Una gallina muy pequeña, pero viva... ¡Pobres espectadores, más les hubiera valido no asistir jamás a una función de gala! Porque, como es natural, el mago había escondido antes la gallina en el sombrero, pero en el momento crucial, ¡la gallina se negó a salir! El mago metió la mano en el sombrero para ayudarla un poquito y... ¡la gallina le dio un tremendo picotazo! El pobre hombre soltó un grito y los espectadores se echaron a reír. Entonces el mago empezó a regañar a la gallina y la gente se rió todavía más, porque todos pensaron que estaba haciendo el payaso.

—¡Pues a mí me parece divertidísimo! —exclama Dani entusiasmado.

—Pues al mago, no...

Kika se da cuenta de que sus palabras no están produciendo el efecto deseado, sino más bien todo lo contrario, y continúa su historia muy deprisa:

—El mago se enfureció y salió de la pista lanzando maldiciones a grito pelado. Una vez fuera, espantó a los caballos amaestrados con sus voces. Los caballos, que ya estaban detrás del telón esperando su entrada en escena, entraron al galope en la pista, tiraron dos cámaras de televisión y ni siquiera el director del circo logró controlarlos. Enloquecidos, corrían en círculo alrededor de la pista. Al principio, los espectadores también lo encontraron divertido, pero cuando los caballos empezaron a correr de forma cada vez más salvaje, a algunas personas les entró miedo y otras empezaron a silbar. Y cuando el mago volvió a salir a escena para mostrar al fin su gallina muy orgulloso, los espectadores se enfadaron de verdad. No es de extrañar, porque un truco de magia que no se realiza ante los ojos del público huele a engaño en toda regla. Todo el mundo abandonó el circo entre protestas, aunque afuera les esperaba el verdadero final de la función... Los bomberos se habían situado ante la salida para impedir que los caballos huyeran

de la carpa al galope, así que todos los espectadores acabaron pasados por agua. Esa gente tuvo mala suerte, lo reconozco, pero como estaba empeñada en ver una función de gala a toda costa...

Kika lanza una mirada inquisitiva a su hermano. Y, en efecto: está visiblemente impresionado..., aunque no como ella pretendía.

—Me hubiera encantado estar allí —murmura Dani—. ¡Tuvo que ser superemocionante!

Kika frunce el ceño. La verdad es que no es tan fácil engañar a Dani...

Si quiere ir con su amiga a la función de gala, tendrá que ocurrírsele otra idea.

«¿Qué tal con un poquito de brujería?», piensa.

—Bueno, tengo que irme a mi cuarto a hacer los deberes —dice al fin—. Por favor, déjame sola y no me molestes.

Y, dicho esto, se encierra en su habitación.

Capítulo 2

Kika pega la oreja a la puerta para averiguar si a su hermano se le ha ocurrido seguirla, porque a Dani le encanta meter las narices en sus asuntos.

Esta vez parece que no hay moros en la costa y Kika respira tranquila.

Saca rápidamente su libro de magia, que está escondido muy al fondo debajo de la cama, pegado a la pared, entre los patines y la caja con los cacharritos de las muñecas.

¿Y qué es lo que va a buscar Kika Superbruja en el libro de hechizos? Los diferentes conjuros aparecen por orden alfabético, y Kika piensa unos instantes: quiere *convencer* a su hermano de que le cambie su entrada para el circo, así que busca en la letra «C».

Ahí encuentra: *cacarear, conquistar,* \λ☠ℜφ*, costra,* ♓♋♏♍♦♎♐*, crepitar…*

¡Qué mala suerte, la palabra *convencer* no aparece!

En ese momento se da cuenta de algo… ¡Pues claro: una superbruja no necesita convencer a nadie, sino que simplemente impone su voluntad por arte de magia! *Voluntad…* ¿Habrá algún conjuro adecuado en esa palabra? Kika sigue buscando y hojea muchas fórmulas mágicas incluidas en la letra «V» hasta que por fin descubre el término *voluntad*. Se le ilumina el rostro. Ahí hay algo que seguramente la ayudará:

¡Una fórmula mágica para cambiar la voluntad de la gente!

El hechizo es muy largo y complicado. Y detrás de la fórmula, entre símbolos de bruja, figura una advertencia:

ψ ¡CUIDADO CON EL EFECTO INVERSO! ψ

¿Qué significará eso? ¡Bah! ¿Qué importa? Kika copia la fórmula a toda prisa y después vuelve a esconder su libro debajo de la cama con sumo cuidado. ¡Ahora tiene que aprendérsela de memoria!

Kika sabe por anteriores encantamientos lo importante que es atenerse exactamente a las instrucciones que figuran en el libro de magia, porque de otro modo las cosas pueden salir mal con mucha facilidad. Además, algunos hechizos necesitan ingredientes muy concretos, y en ese caso hay que conseguirlos sea como sea, por difícil que resulte.

Una pata de mosca o tallos de dientes de león molidos resultan relativamente fáciles de obtener, ¡pero cuando se necesita baba fresca de sapo o uñas de erizo en polvo, la cosa cambia…! Por suerte, para esta brujería a Kika le basta con recitar la fórmula una vez hacia delante y otra hacia atrás.

Aunque eso no es lo que se dice fácil. Hablar hacia atrás cuesta lo suyo, así que Kika tiene que practicar, practicar y practicar. Ya en el prólogo de su libro de magia dice, y con mucha razón:

Si la bruja no practica,
el caballo blanco en negro
jamás se convertirá,
y de lo alto del cielo
los truenos jamás caerán.
Si la bruja no practica,
resbalará de su escoba
y se hará papilla.
Así siempre ha pasado
desde que el tiempo fue creado.

Kika se pasa dos horas enteras murmurando el sortilegio hacia delante y hacia atrás. Todo ello sin mencionar el nombre de Dani, por supuesto, para que el hechizo no surta efecto de momento.

Cuando al fin se siente lo bastante segura como para atreverse a ponerlo en práctica, se dirige a la habitación de su hermano.

¡Madre mía, qué desordenada está! Dani ha quitado el colchón de la cama, lo ha tirado en el suelo y, como si fuera un artista de circo, ahora se dedica a dar unos saltos tremendos, tan altos que casi choca con la lámpara del techo.

—Pero... ¿a quién tenemos aquí? —exclama Kika—. ¡Si parece el famoso Leonardo di Salti, el trapecista del Circo Trampolín, famoso en el mundo entero!

Dani no puede contener la risa y tras su último salto casi aterriza en la mesita donde tiene montado su castillo de Lego.

—Fantástico, ¿eh? ¿Por qué no lo intentas tú? —le sugiere a su hermana.

Pero Kika está maquinando algo muy distinto.

—Me gustaría probar otra cosa —responde—. Una pequeña hechicería.

—Eso suena bien. ¿Y…? —Dani la mira esperanzado.

—Es un hechizo para encender y apagar la luz por arte de magia —le explica Kika.

—¡Genial! —exclama Dani—. Pero colócate lejos del interruptor… ¡No creas que vas a engañarme tan fácilmente!

—Vaya, vaya, qué niño tan listo… —dice Kika.

Pero en secreto está pensando justo lo contrario, porque ella sabe algo que Dani seguro que ignora: al otro lado de la habitación, justo enfrente de la puerta, hay otro interruptor que hace cuatro años quedó tapado por un armario, y Dani es demasiado pequeño como para acordarse de su existencia.

Kika se coloca tranquilamente al lado del armario y pregunta con aire inocente:

—¿Estoy lo bastante lejos del interruptor? Si quieres, hasta puedo colocar las manos detrás de la espalda... De esa forma no podré hacer nada con ellas.

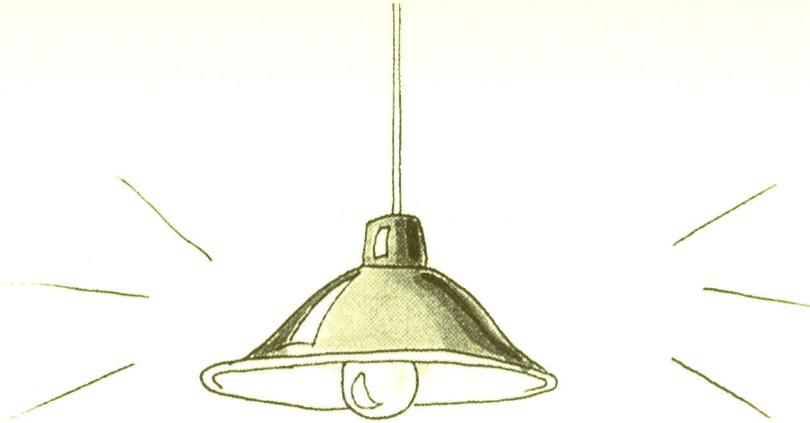

—Así está bien —afirma Dani, satisfecho.

—Entonces empezaré con el hechizo. ¿Quieres que encienda la luz, o que la apague?

Dani se acerca al interruptor que está al lado de la puerta y enciende la luz, contestando así la pregunta de Kika.

—De acuerdo —dice ella—. Ahora necesito concentrarme.

Dani está como hipnotizado, con un ojo puesto en la lámpara del techo y con el otro clavado en su hermana.

Kika se concentra de verdad, pero no en el interruptor que está detrás del armario, pues ya hace mucho rato que lo ha localizado tanteando la pared con las manos a la espalda. Con los ojos cerrados empieza a musitar la fórmula mágica que cambiará la voluntad de Dani. Su voz suena realmente misteriosa porque las palabras del hechizo apenas se dejan pronunciar...

Ya ha conseguido decir el sortilegio hacia delante. Pero mientras silabea con esfuerzo las palabras hacia atrás, de pronto le viene a la mente lo que decía el libro de magia:

ψ ¡CUIDADO CON EL EFECTO INVERSO! ψ

Hace un esfuerzo... Ante todo, debe concentrarse, y sobre todo, no cometer el menor error. Al fin termina, abre los ojos y... ¿qué ve?

Pues a Dani junto a la puerta, que sigue mirándola con aire expectante.

«¡Porras! ¡Rayos y truenos!», piensa Kika. Estaba tan concentrada en la fórmula mágica que se ha olvidado por completo del interruptor de la luz. Está a punto de echarse a reír, pero en el último momento consigue dominarse y le dice a Dani:

—Creo que tendré que probar otra vez. He elegido el sortilegio equivocado. Como seguramente lo has oído, habrás podido comprobar que está muy anticuado, y posiblemente sólo sirva para apagar la luz de las velas. Déjame intentarlo con un hechizo nuevo.

Kika vuelve a cerrar los ojos y empieza a murmurar de nuevo, pero esta vez un hechizo diferente que va improvisando sobre la marcha:

Luz y relámpago, rayo catódico,
megatormenta y reactor atómico,
bajovoltio con bencipreno,
satélites, cables de horror,
humo eléctrico y…
¡la luz se marchó!

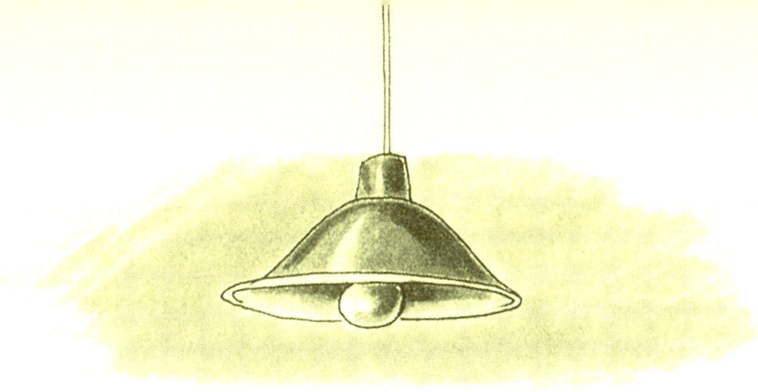

Al terminar de pronunciar la última palabra, Kika apaga la luz y, del asombro, Dani se queda con la boca abierta.

—¿Cómo lo has hecho? —pregunta, impresionadísimo.

—Con magia, ni más ni menos —responde su hermana.

Kika se acerca a la puerta y vuelve a encender la luz.

—¡Hazlo otra vez! —le ruega Dani.

—¡No! Ningún mago que se precie repite un truco —contesta ella, haciéndose la interesante.

Por más que su hermano suplica, Kika no cede. Tiene otras cosas en la cabeza: quiere comprobar enseguida si la verdadera fórmula mágica ha surtido efecto sobre Dani. Pero, antes de que pueda averiguarlo, mamá les llama desde la cocina:

—¡Kika, Dani! ¡A cenar!

Dani corre a la cocina.

—¡Mamá, mamá! —exclama entusiasmado—. ¡Kika *mace hagia!* En *hi mabitación,* ¡ha *lapagado* la *uz or parte be dirlibirloque!*

—¿Que ha hecho qué? —pregunta mamá.

—¡Ha *lapagado* la *uz!*

—Bueno, haz el favor de tranquilizarte y siéntate a la mesa —le dice su madre.

Entre tanto, Kika ha entrado también en la cocina.

—Kika, ¿qué le has hecho esta vez a tu hermano? —pregunta su madre—. ¡Está completamente fuera de sí!

Kika se pone muy colorada. No se ha enterado aún de la forma en que Dani confunde las palabras, pero, como es lógico, sabe que algo va mal…

—¿A qué te refieres? —pregunta a su vez con tono inocente—. Sólo hemos hecho un poquito de magia. Eso no está mal, ¿verdad?

—¡*Nlaro* que *co!* —asegura Dani.

Kika se da cuenta rápidamente de que hay algo extraño en el modo de hablar de su hermano.

—¿Te encuentras bien? —le pregunta.

—¡Claro! —responde su hermano a la vez que dice que no con la cabeza.

Un terrible presentimiento pasa como un relámpago por la cabeza de Kika:

«¡El efecto inverso!»

¡Así que se trataba de eso! Su primera reacción es pedirle a Dani que la acompañe un momento a su habitación para anular el hechizo, pero al instante descarta la idea.

Primero tiene que lograr a toda costa su propósito: que Dani le ceda su entrada de circo para su amiga Mónica.

Ojalá no surja ningún problema hasta entonces…

Capítulo 3

—¿Es que hoy nadie piensa ayudarme a poner la mesa? —pregunta papá.

—Yo *ho laré* —dice Dani, y se levanta de un salto, muy dispuesto.

Su padre no cabe en sí de asombro. ¡Pero si Kika y Dani casi siempre están compitiendo para ver quién escurre mejor el bulto a la hora de poner la mesa!

—¡Caramba, Dani! —dice, extrañado—. Me encanta que seas tan servicial…

Kika, sin embargo, no está nada sorprendida. Ahora sabe que, por el momento, algo ha cambiado en la voluntad de Dani, y rápidamente se dispone a ayudarle a poner la mesa.

«Ojalá no hable más de la cuenta y haga sospechar a papá y mamá», piensa. «Además, ¡cualquiera sabe qué más cosas puede provocar el efecto inverso! A lo mejor a Dani le da por colocar los platos debajo de la mesa, o por no meterse las cucharadas de sopa en la boca, sino…»

Kika no se atreve a seguir pensando la cantidad de tonterías que puede llegar a hacer su hermano.

—¡Atención! —dice papá, que en ese momento está colocando la sopera caliente sobre la mesa—. ¿Quién quiere sopa?

—*No yo* —responde al momento Dani.

—¡Pero si te encanta...! —exclama esta vez su madre muy asombrada—. Es de tomate...

—*Munca ne* ha *dustado* la *geliciosa topa* de *somate* —replica Dani.

—Pues yo sí quiero —interviene rápidamente Kika.

—¡Pero bueno...! ¡Esto no hay quien lo entienda! —dice la madre mientras sirve primero un plato para Kika, otro para el padre y otro para ella.

Pero Dani no parece muy conforme.

—¿Y a mí *qor pué* no me *sones popa?* —se queja.

—Porque acabas de decir que no querías —responde Kika—. Pero aquí tienes un buen plato.

Y sirve a su hermano su comida favorita.

—¿Qué está pasando aquí? —pregunta el padre, desconcertado—. ¿A qué viene esa tontería de cambiar las letras de sitio?

—*¿Qor pué* lo dices? —pregunta Dani, y por su tono de voz se nota que habla en serio.

Es evidente que no se ha dado cuenta de lo que ocurre. A Kika empieza a darle pena, y decide intervenir.

—Deja de hacer *treguntas pontas,* Dani —dice, imitando el modo de hablar de su hermano.

Se le ha ocurrido una gran idea: puede «explotar» lo del efecto inverso haciéndolo pasar por un juego entre Dani y ella y disimular así ante sus padres. ¡Por nada del mundo deben descubrir sus artimañas de bruja! Tras reflexionar unos momentos, dice:

—Quien *suiera qopa, sendrá topa,* y quien no *suiera qopa,* no *sendrá topa.*

Ahora los cuatro sueltan una carcajada, porque el trabalenguas de Kika suena muy gracioso. Total, que la cena transcurre de forma muy divertida a causa del efecto inverso.

Al terminar, Kika ya está completamente segura de que Dani se encuentra sometido al influjo de su hechizo, y decide dar el golpe de gracia. Dirigiéndose a sus padres, dice:

—Figuraos: Dani es tan bueno que va a cederme su entrada del circo para el domingo. Así podré ir a la función de gala con mi amiga Mónica.

—¿Cómo es eso? —pregunta mamá.

—Dani le dará a Mónica su entrada del domingo y a cambio recibirá una entrada para ir al circo el jueves. Eso nos permitirá a los dos ir con nuestros amigos.

—¿Y Dani está realmente de acuerdo con eso? —pregunta su padre, extrañado—. Porque esta misma mañana estaba entusiasmado con asistir a la función de gala del domingo…

Dani asiente con la cabeza y dice:

—Kika puede *uedarse* mi *qentrada*. Yo iré *masado pañana* con Tony.

—¡Déjate de tonterías, Dani! —le riñe su madre—. No quiero que el domingo nos vengas con lamentaciones, así que sólo te lo preguntaré una vez más: ¿puede quedarse Kika con tu entrada, sí o no?

—Sí —contesta Dani.

Kika sale como una flecha hacia el teléfono para no dar tiempo a que Dani se lo piense mejor. Loca de contento, le dice a Mónica que podrán ir juntas al circo el domingo.

—La verdad es que no sé cómo habrá conseguido convencer a Dani... —murmura mamá, pensativa—. ¡Menuda brujilla está hecha!

Kika cuelga el teléfono y, entre brincos de alegría, le estampa un sonoro beso a su hermano:

—¡Gracias, Dani! Tú también te alegras, ¿verdad?

Y, sin esperar respuesta, añade:

—Si quieres, podemos ir a tu habitación y te explicaré cómo he hecho el truco de magia de la luz —le propone.

Y es que Kika tiene que anular el hechizo antes de que sus padres empiecen a sospechar de verdad.

—Y los platos, ¿qué? —pregunta mamá.

—Yo quitaré la mesa —dice Kika, que de pronto se ha vuelto también muy servicial. Y, dirigiéndose a Dani, añade—: Anda, vete a tu habitación. Por si las moscas…

Kika empieza a colocar los platos sucios en el lavavajillas, no sin antes gritarle a su hermano:

—¡Y no hagas tonterías!

Al momento, un extraño sonido le hace ponerse alerta. Kika, asustada, comprende al instante que Dani puede interpretar su recomendación de no hacer tonterías exactamente al revés: ¡como una orden de que las haga!

—¡No se atreverá...! —grita en voz alta mientras se dirige a toda prisa al cuarto de Dani.

Pero su hermano no está allí. Kika no necesita pensar mucho para saber dónde encontrarlo. Se precipita hacia su propia habitación, gira el picaporte y…

¡Porras! ¡La manilla de la puerta está completamente embadurnada de pasta de dientes! Y su habitación… ¡oh, no!

En efecto, Dani ha interpretado justo al revés eso de no hacer tonterías. Está sentado en la cama de Kika, tan tranquilo. Se ha puesto su jersey favorito como si fueran unos pantalones, y tiene un bloc de dibujo entre las manos. Ha debido de sacarlo de la cartera de Kika. ¡Está pintando monigotes con dos narices de color rojo intenso con el mejor pintalabios de mamá!

Dani se encuentra tan enfrascado en sus absurdos garabatos que tarda un rato en darse cuenta de que su hermana ha entrado en la habitación. Y entonces dice con tono de no haber roto un plato en su vida:

—¿No *cibas* a *ontarme* el *mruco* de *tagia?*

Kika se ha quedado muda. Aunque no puede enfadarse con su hermano, porque sin su hechizo nada de esto hubiera pasado…

—Te lo contaré ahora mismo —contesta—. Tú quédate ahí sentadito, sin moverte, porque necesito silencio absoluto para concentrarme.

Kika cierra los ojos y repite la complicada fórmula mágica. Ya ha conseguido decirla hasta la mitad cuando, de repente, Dani la interrumpe:

—*¡Fesa órmula* sólo sirve *vara pelas! ¡Qo yuiero* saber la *ferdadera vórmula!*

Kika respira hondo.

—Eso es lo de menos —le explica—. Por favor, quédate calladito un momento, que enseguida te revelaré el truco.

Kika vuelve a concentrarse y comienza a musitar las complicadas palabras. Esta vez Dani no la molesta hasta que… ¡hasta que casi ha terminado de pronunciar la fórmula!

—*¡Sero pi* no está *lencendida* la *uz!*—exclama.

Kika vuelve a respirar hondo y esta vez tiene que hacer grandes esfuerzos para conservar la calma.

—Da igual —sisea furiosa—. Estoy preparando el truco, ¿comprendes? ¿Te sabes el cuento de los tres deseos?

Dani asiente con la cabeza.

—Entonces también sabrás que el número tres es muy importante en hechicería… ¡Es un número mágico!

Dani vuelve a asentir.

Pero… ¿qué significa exactamente ese asentimiento? ¿Que Dani entiende a Kika, o que no la entiende? ¡Si al menos la dejara pronunciar el conjuro de un tirón, sin interrupciones!

—Bueno, ya me has molestado dos veces. Ahora ya sólo me queda una oportunidad, ¿comprendes?

Dani asiente de nuevo con la cabeza, esta vez muy serio. Kika está a punto de soltar la risa, pero justo entonces se le ocurre una fantástica idea y le ordena a su hermano:

—¡Vamos, empieza a dar saltos, no pares de hacer tonterías y no me dejes decir en paz mi fórmula mágica!

Mira esperanzada a su hermano. Éste, sentado en la cama de Kika, se queda tan callado como una tumba.

Entonces Kika vuelve a pronunciar la fórmula, y esta vez logra terminarla felizmente. Ahora sólo tiene que averiguar si ha conseguido anular de verdad el hechizo. ¡Nada más fácil!

—Dani, me gustaría que me regalaras tu *game boy*.

—¡A ti te falta un tornillo! —protesta él—. Primero me prometes que me vas a revelar el truco de magia y ahora me vienes con ésas…

—¡Vale, vale! —ríe Kika, aliviada—. Sólo era una broma. Ahora acompáñame; el conjuro de la luz sólo funciona en tu habitación.

Kika le explica rápidamente el truco. Al principio, Dani se siente algo desilusionado porque no hace falta ninguna fórmula mágica, pero cuando su hermana le propone ponerlo en práctica con sus padres y éstos se quedan con la boca abierta... ¡las cosas cambian!

A continuación empieza el baile de llamadas telefónicas: hay que organizarlo todo para que Dani pueda ir al circo el jueves.

Cuando resuelve ese pequeño asunto, Kika debe ocuparse de una cuestión bastante más desagradable: sus deberes.

—Pasado mañana será el gran día... —son las últimas palabras que Dani susurra al oído de sus padres al darles el beso de buenas noches.

Parece la mar de satisfecho, y la verdad es que Kika también lo está. ¡Esta vez su libro de magia le ha prestado un gran servicio!

Antes de acostarse lo hojea un rato. Mientras busca sin éxito la palabra *circo,* de pronto descubre el término *prestidigitador*. ¡Caramba! Ahí dice en qué consistían los trucos de los prestidigitadores hace muchos, muchísimos años...

—Qué pena que los magos de ahora no hagan estos números en el circo —murmura para sí—. Aunque, ¿por qué no...?

Kika cierra el libro y empieza a soñar.

¿Qué estará tramando esta vez?

Capítulo 4

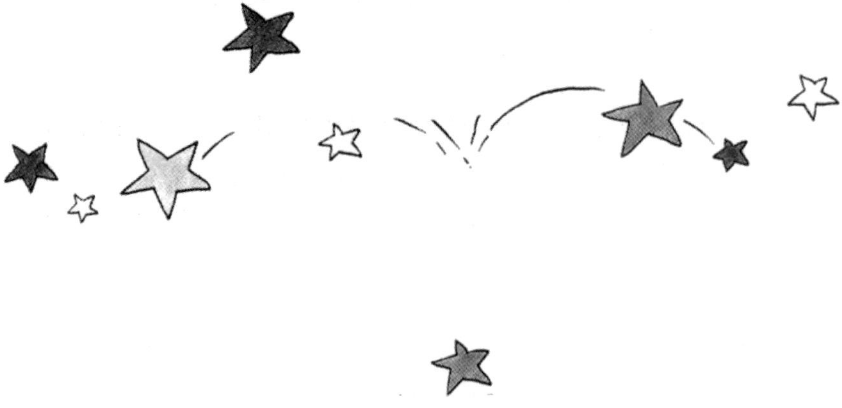

El jueves por la tarde, los padres de Tony pasan a buscar a Dani. Todo va como la seda, y a primera hora de la noche el niño regresa a casa entusiasmado.

Kika le está esperando en la puerta.

—Bueno, ¿qué tal?

—¡Genial!

—Venga, cuenta, cuenta... —le apremia Kika.

—Tranquila, mujer, tranquila... —Dani disfruta de lo lindo de ser el primero en haberlo visto todo, y eso no hace sino aumentar aún más la impaciencia de Kika—: Sólo hablaré cuando papá y mamá también estén delante... Porque, además, ¡tengo que daros una sorpresa grandísima!

Kika apenas puede esperar hasta que los cuatro se sientan a la mesa para cenar. Y Dani, que tampoco puede aguantar la impaciencia, suelta rápidamente su sorpresa:

—¡El domingo puedo volver otra vez al circo! Antes de que terminara la función, el jefe de pista dijo que mirásemos nuestras entradas y pronunció un número. Al principio casi no podía creérmelo, pero dijo el número de la *mía*. Entonces me hizo salir a la pista para entregarme un premio. ¡Y el premio es una invitación para asistir a la función de gala del domingo!

—¡Entonces podremos ir todos juntos! —se alegran sus padres.

—¡Felicidades! —exclama también Kika.

Y por fin Dani comienza su relato. Habla tanto que su madre tiene que decirles a Kika y a él que no se olviden de la cena.

Kika no se cansa de oír hablar del circo. Después de cenar incluso instala un campamento provisional en la habitación de Dani y le obliga a contar la función una y otra vez hasta muy entrada la noche: las acrobacias de los trapecistas a una altura de vértigo; la mujer que lanzaba antorchas ardiendo por los aires con los ojos vendados y después las recogía; el tigre que saltaba sobre el lomo del elefante mientras al payaso se le caían los pantalones del susto; el domador que metía la cabeza en la boca del león...

—Sólo el número del lanzador de cuchillos resultó un poco raro... —comenta Dani.

Kika aguza el oído.

—Los cuchillos estaban afiladísimos. Una mujer vestida de *cowboy* tuvo que colocarse con las piernas y los brazos abiertos delante de un disco de colores. ¡Huy, no te imaginas cómo silbaban los cuchillos por el aire y cómo se clavaban a un milímetro de ella! Pero una de las veces el lanzador no apuntó bien y estuvo a punto de atravesarle la oreja izquierda. Los espectadores gritaron... ¡y la mujer también!

Seguro que la pobre se llevó un susto de muerte. Incluso salió temblando de la pista. A mí me dio mucha pena.

—Hmmm... —Kika mueve la cabeza de un lado a otro con aire pensativo—. Dime una cosa, ¿había también un mago?

—Por supuesto —dice Dani—. Sacó tres conejos seguidos de su sombrero de copa.

—¿Y nada más?

—Pues sí: además de los conejos sacó palomas y ratones blancos. ¿Por qué...?

Por desgracia, Dani no puede seguir hablando porque papá ha entrado en la habitación y ha puesto fin a la conferencia nocturna.

—Mañana será otro día —consuela a los niños.

A Kika no le importa marcharse a su habitación. Y es que tiene un montón de cosas en las que pensar…

A la mañana siguiente, a Kika le cuesta mucho despertarse. ¡Cuánto le gustaría quedarse en la cama y seguir soñando con el circo! Pero mamá se muestra inflexible:

—Ya volverás a soñar esta noche. Ahora toca ir al colegio. Al fin y al cabo, ya queda poco para el fin de semana…

—¡Y entonces iré a la función de gala! —exclama Kika saltando de la cama como una auténtica acróbata.

Kika pasa las dos tardes siguientes hablando del circo con su hermano. Se le han ocurrido un montón de preguntas y quiere discutirlas con Dani:

¿Dan de comer a las fieras hasta hartarse antes de salir a escena para que así no devoren a nadie? ¿O, por el contrario, si comen mucho se vuelven demasiado vagas y pesadas para actuar?

¿Lleva el domador una peluca bajo la que esconde una plancha de acero, por si al león le entra hambre justo cuando mete la cabeza en su boca? ¿O quizá al león le apesta tanto el aliento que el domador tiene que contener la respiración para no desmayarse?

¿Toma la mujer vestida de *cowboy* infusiones tranquilizantes antes de salir a escena, para no echar a correr cuando los cuchillos le pasen rozando?

Preguntas y más preguntas...

Kika y Dani hacen una lista muy larga de los números a los que desean prestar especial atención el domingo.

En fin, que Kika pasa las tardes con su hermano pequeño, pero dedica las noches a sus preparativos secretos, que, como es lógico, están relacionados con su libro de magia y con el circo.

Por fin llega el ansiado momento.

Kika, Dani, sus padres y Mónica están en el circo. Suena la música y el recinto va llenándose poco a poco de espectadores. Los proyectores iluminan el techo de la carpa, de color azul oscuro y con dibujos de estrellas brillantes, lo que sumerge las gradas de los espectadores y la pista en una luz difusa, misteriosa... A eso hay que añadir un extraño olor que permite adivinar la presencia de los caballos y de las fieras, mezclado con el aroma de las almendras garrapiñadas que se venden a la entrada. Todo ello crea un ambiente que sólo puede encontrarse en el circo. ¡Un ambiente sencillamente grandioso!

—¡Mira ahí arriba, Kika! —dice Dani—. Dentro de un momento, sobre todas esas cuerdas, columpios y barras se balancearán los trapecistas. Y esas jaulas de allá son las de las fieras…

Un redoble de tambores interrumpe sus palabras. A continuación, un brillante rayo de luz se desliza por la pista, el telón se aparta hacia un lado y aparece un hombre con un soberbio uniforme.

—¡Ése es el director del circo! —exclama Kika, adelantándose al comentario de su hermano.

El jefe de pista se presenta con una reverencia y da la bienvenida al respetable público y a los invitados de honor:

—Quiero felicitar a todos y cada uno de ustedes por tener el privilegio de asistir a esta emocionante función de gala.

Pero mientras el jefe de pista aún está enumerando las atracciones especiales que el circo ofrece ese día, sufre una inesperada interrupción.

Un payaso entra en escena llorando y dando trompicones y le comunica que, por desgracia, él no puede actuar hoy porque se le han roto los tirantes del pantalón.

—Pero, Pipo... —intenta tranquilizarle el jefe de pista—. No tenemos por qué aclarar eso aquí, delante de tanta gente. Seguro que habrá un imperdible o un cinturón por algún sitio.

Dicho esto, el jefe de pista despacha al payaso y reanuda su presentación al público.

Pero Pipo, que sigue llorando, entra de nuevo en escena. Lleva unos pantalones enormes y caídos casi hasta las rodillas, por los que asoman unos calzoncillos largos llenos de remiendos multicolores. Arrastra un cinturón de cuero que mide por lo menos diez metros. Además, lleva al hombro un imperdible casi tan grande como él mismo.

—¡Pero, Pipo...! ¿Qué piensas hacer con todo eso?

Pipo llora y gime de tal forma que apenas se le entiende. Intenta desesperadamente enrollarse el gigantesco cinturón al cuerpo. Agarrándole por la manga, el jefe de pista le pregunta:

—¿De dónde has sacado ese cinturón tan enorme?

—De la jaula de los elefantes.

El director pone los ojos en blanco.

—¡Ese cinturón es para el traje de los elefantes! Por favor, Pipo, déjalo donde estaba. Tú eres demasiado delgado para él. Deberías…

Entonces el payaso da un salto y echa a correr mientras grita:

—¡Estoy demasiado delgado! ¡No me dan bastante de comer! ¡El jefe de pista me mata de hambre!

Pipo se abalanza sobre un espectador que tiene una bolsa de almendras garrapiñadas y le quita unas cuantas. Como es natural, al director le parece fatal e intenta llamar al orden al payaso. Pero a Pipo le trae sin cuidado su jefe.

Así comienza una persecución en la que el payaso lleva clara ventaja porque es mucho más ágil y rápido que el jefe de pista.

Pipo empieza a subir por las gradas donde se sientan los espectadores y, en su huida, dos chorros de agua con los que moja a la gente que le rodea brotan de sus enormes gafas.

El público se parte de risa, incluida Kika, hasta que el payaso termina por salir de la carpa a la velocidad del rayo.

Cuando el jefe de pista logra recobrar el aliento, al fin puede pronunciar su discurso de bienvenida de cabo a rabo. Todavía jadeando, anuncia el primer número:

—¡Los hermanos Baldini!

Apenas ha mencionado su nombre, los artistas entran como un torbellino en escena.

Saltan hacia delante, hacia atrás, forman torres de cinco personas, atraviesan ruedas en llamas, caminan apoyándose en las manos, dan volteretas…, y todo tan deprisa que Kika casi se marea al mirarlos.

Los hermanos Baldini abandonan la pista a la misma velocidad con la que habían entrado, y en su lugar anuncian a Jimmy, el famoso lanzador de cuchillos de la ciudad estadounidense de Memphis.

Kika siente un escalofrío...

¡El lanzador de cuchillos que tanto asustó a su ayudante en la función del jueves!

«Bueno, vamos a ver cómo salen hoy las cosas...», piensa.

Jimmy entra en escena con paso orgulloso y el público estalla en aplausos. Le sigue su ayudante, mucho más discreta, con un traje de *cowboy* rojo. Ella lleva sobre una bandeja un montón de cuchillos diferentes, ¡y todos enormes!

—¡Encima obliga a la pobre mujer a transportar los cuchillos! —susurra Kika, indignada, al oído de Dani.

—Quizá sea verdad que la pobre tiene que tomar infusiones tranquilizantes antes de salir a escena... —reflexiona su hermano.

Kika se limita a encogerse de hombros.

Cuatro hombres vestidos con el uniforme rojo y verde del circo instalan una gran plataforma vertical en mitad de la pista. La ayudante de Jimmy se coloca entonces delante de esa plataforma y el lanzador comienza a hacer silbar los cuchillos por el aire. Sus puntas afiladas se clavan con tremenda precisión alrededor de la mujer, hasta que ésta queda literalmente cercada.

—No quiero verlo… —dice Dani tapándose los ojos.

Kika, por el contrario, no aparta la vista de Jimmy.

Éste anuncia en voz alta una novedad sensacional para la función de gala de ese día y, a continuación, los ayudantes uniformados arrancan los cuchillos de la plataforma y le colocan un disco giratorio.

Después atan a la ayudante a esa especie de rueda sirviéndose de gruesas tiras de cuero y el disco comienza a girar de forma que la mujer queda una y otra vez cabeza abajo. Con gestos muy exagerados, Jimmy coge un cuchillo y se dispone a lanzarlo.

El público contiene el aliento, Dani se tapa los ojos... A Kika, sin embargo, le pasan otras ideas por la cabeza.

—Espera y verás... —susurra entre dientes mientras saca a toda prisa una pequeña nota del bolsillo de su pantalón.

Entre tanto, el lanzador ha pedido al público que guarde silencio absoluto.

La orquesta permanece muda... Sólo se escucha un largo redoble de tambor que pone los pelos de punta a los espectadores. Jimmy coge impulso, apunta al disco giratorio... ¡y lanza el cuchillo!

Pero... ¿qué sucede entonces? ¡El cuchillo rebota en el disco y sale volando hacia Jimmy, pasa zumbando a un milímetro de él y aterriza en mitad de la pista! El lanzador se ha quedado tan blanco como la tiza, incapaz de comprender lo sucedido. El público murmura y se ríe.

Al aterrado Jimmy no le queda más remedio que intentarlo de nuevo, y adopta la posición de lanzamiento. El silencio reina de nuevo en la carpa. El lanzador respira profundamente tres veces, hace silbar su cuchillo y... ¡Éste rebota y vuelve rápidamente hacia él, arrancándole esta vez su sombrero de *cowboy* de la cabeza!

Jimmy permanece inmóvil unos instantes, como si hubiera sido fulminado por un rayo, después se agacha muy despacio para recoger su sombrero agujereado ¡y echa a correr hacia la salida como un ratón asustado!

El público ríe a carcajadas y aplaude encantado. ¡Cree que todo lo sucedido forma parte de otra atracción cómica! Hasta Dani se ríe, y es que el número de hoy le ha gustado más que el del jueves.

—¡Le está bien empleado! —le dice a Kika muy satisfecho.

—Distinguido público… —resuena la voz del jefe de pista mientras los ayudantes liberan de sus ataduras a la ayudante del lanzador de cuchillos—. ¡Atracciones! ¡Sensaciones! *¡Sorpresas!* Ésa es la auténtica esencia del circo… Y ahora continuemos con nuestra función de gala. Les ruego que brinden su distinguida atención a nuestro próximo y sensacional número: ¡La *signorina* Explosiva, «la bala humana»!

El director no ha exagerado al presentarla: ¡La actuación de la *signorina* Explosiva es verdaderamente sensacional! Kika se reclina en su asiento y disfruta plenamente del espectáculo. De momento, no tiene pensado intervenir en él con sus artes mágicas.

Dieciséis ayudantes introducen un pesado cañón de hierro en la pista. La *signorina* Explosiva se acerca majestuosamente a él y golpea con un martillo el gigantesco tubo para que el público compruebe que allí no hay trampa ni cartón.

A una señal de la *signorina,* el jefe de pista en persona le lleva una mecha de varios metros de longitud. Explosiva introduce la mecha en la abertura prevista para ello y enciende una gran antorcha. Camina con elegancia alrededor del cañón por última vez mientras resuena un redoble de tambor, y prende fuego a la mecha.

Entonces, y haciendo gala de un gran valor, la *signorina* Explosiva se mete sin vacilar en el formidable cañón.

En el circo se hace un silencio sepulcral. Incluso puede oírse el siseo de la mecha. La tensión es insoportable y, de repente… ¡un estampido les deja a todos helados del susto!

«La bala humana» cruza el circo volando como un proyectil… La gente grita… ¡Y, al instante, la *signorina* Explosiva aterriza ilesa al fondo de la pista mientras saluda al público!

Kika aplaude a rabiar, al igual que tras el siguiente número circense: la doma de leones. También queda fascinada por la actuación de los elefantes, de los trapecistas, de los malabaristas…, hasta que el jefe de pista anuncia el último número de la noche:

—¡El extraordinario mago Abraxis!

Entonces Kika vuelve a introducir la mano en el bolsillo de su pantalón. Una ojeada a la nota mágica secreta y… ¡todo listo!

Se abre el telón y todos esperan la entrada del mago. Pero éste no aparece…

De repente, ¡FIUUUUU!, se oye un silbido y Abraxis surge de la nada en medio de la pista, envuelto en una nube de humo y fuego.

—¡Es… es fantástico! —tartamudea Dani asombrado—. ¡Esto no lo hizo el jueves! Tiene que ser un mago de verdad…

Kika se limita a sonreír. Entonces el mago empieza a sacar de su sombrero de copa una variada sucesión de pañuelos, palomas y conejos. Es un número precioso, aunque Kika ya lo ha visto en otras funciones de magia.

«Veamos», se dice a sí misma. «Quizá podría...»

De repente, un murmullo recorre las filas de los espectadores. ¡El mago ha sacado un cerdo vivo del sombrero!

El pobre Abraxis parece tan sorprendido como el público y mira su sombrero, desconcertado. Entonces una ardilla salta hacia él. El mago lanza el sombrero lejos, asustadísimo. Ardillas y más ardillas salen saltando del sombrero de copa: diez, quince, veinte, cincuenta…, ¡el desfile parece no tener fin! Con el estallido de unos aplausos atronadores, las ardillas vuelven a entrar en el sombrero formando una larga fila india.

En la pista, Abraxis, que sigue sin salir de su asombro, saluda al público con una reverencia. ¡Pero es ahora cuando empieza la verdadera magia! Todos los objetos habidos y por haber salen de su sombrero de copa, ¡y un aspirador, una caja de refrescos, una bicicleta, dos macetas, una lámpara de pie, unas aletas de buzo y algunas cosas más se transforman en flores de papel y vuelven a desaparecer ante las atónitas miradas de los espectadores!

El público aplaude entusiasmado y hasta se pone en pie. También Dani se levanta de un salto y tiene que subirse a su asiento para poder ver algo.

—¡Eso no lo hizo el jueves! —repite, encantado.

Pero ahí no acaba todo. De repente… ¡el mago Abraxis empieza a elevarse suavemente del suelo! Satisfecha, Kika murmura unas palabras en voz baja y el mago asciende todavía más. Envuelto en un misterioso resplandor se desliza hacia la salida, casi como si los rayos de luz que inciden en la pista lo sostuvieran.

El jefe de pista no da crédito a lo que ven sus ojos, y observa el número del mago con la boca abierta.

—¡Es todavía mejor que David Copperfield! —grita Dani.

Los aplausos atronadores del público son interminables. Reclamados por sus fuertes gritos de entusiasmo, los artistas del circo van colocándose uno tras otro delante del telón mientras la orquesta interpreta una vibrante marcha triunfal.

¿Y qué hace entonces Kika?

Pues se inclina en todas direcciones, igual que los artistas. ¿O es que acaso no se ha ganado los mismos aplausos que ellos?

Truco de circo

«Los artistas del látigo convertidos en payasos»

El número de los artistas del látigo suele ser representado por tres personas. Dos de ellas sostienen una hoja de periódico y la tercera la parte por la mitad con un látigo. Normalmente, la hoja vuelve a ser partida por la mitad y así sucesivamente, hasta que sólo queda un minúsculo trocito. Pero esta atracción de circo puede convertirse fácilmente en un divertido número de payasos:

Os fabricáis el látigo con un palo pequeño y una cuerda de aproximadamente un metro y medio. El encargado de manejarlo apuntará al centro de la hoja de periódico, pero, antes de que pueda partirla por la mitad... ¡la romperán los dos que la sujetan! Para que la cosa resulte aún más divertida, quien maneje el látigo puede vestirse de *cowboy,* y los otros dos se protegerán del «peligro» con gafas de buzo, casco, abrigo de invierno, guantes gordos, etcétera.

Truco de circo
«La pirámide humana»

¡En ningún circo pueden faltar las pirámides humanas!

Pero para realizar este número hay que tener en cuenta una vieja regla de seguridad circense:

Si, a pesar de que tengáis muchísimo cuidado, la pirámide humana empieza a oscilar, saltad siempre hacia delante. Así podréis ver dónde vais a caer. ¡Jamás se os ocurra caer de espaldas! Y, dado que no sois profesionales del circo, procurad tener una base blanda, como por ejemplo una colchoneta.

Como todos los artistas, tendréis que practicar mucho, claro está, ¡pero el simple entrenamiento resulta divertidísimo, ya lo veréis!

Utilizad los dibujos de las páginas anteriores a modo de sugerencia y, ¿por qué no?: poned también en práctica vuestras propias ideas.

¡Hola!

Este que ves en la foto soy yo. Me llamo **Knister,** y soy el autor de las aventuras de Kika Superbruja.

Como siempre me ha gustado vuestro mundo, el de los chicos y chicas como tú, he escrito muchos libros y canciones para vosotros, y también obras de teatro.

Me encanta presentar programas de lectura en la tele, la radio, las bibliotecas, los teatros y las librerías de mi país (que, por cierto, es Alemania), y también disfruto mucho cuando realizo trabajos para chicos y chicas que son discapacitados psíquicos, o disléxicos, o ciegos..., todos ellos de tu misma edad.

Pero lo mejor de todo es cuando vosotros participáis conmigo en lo que hago, leyendo mis libros y compartiendo las aventuras de los personajes que los protagonizan.

En esta ocasión he querido presentaros a Kika Superbruja. Como es una bruja supersecreta, me costó bastante que me explicara sus trucos de magia, pero al final lo conseguí. Aunque..., no sé por qué, pero me da la impresión de que Kika Superbruja no me ha contado todos sus supersecretos... ¡y a lo mejor todavía le quedan unos cuantos hechizos guardados en la manga!

Índice

Trucos de circo

Los libros de KNISTER

n.º 1

n.º 2

n.º 3

n.º

en Bruño

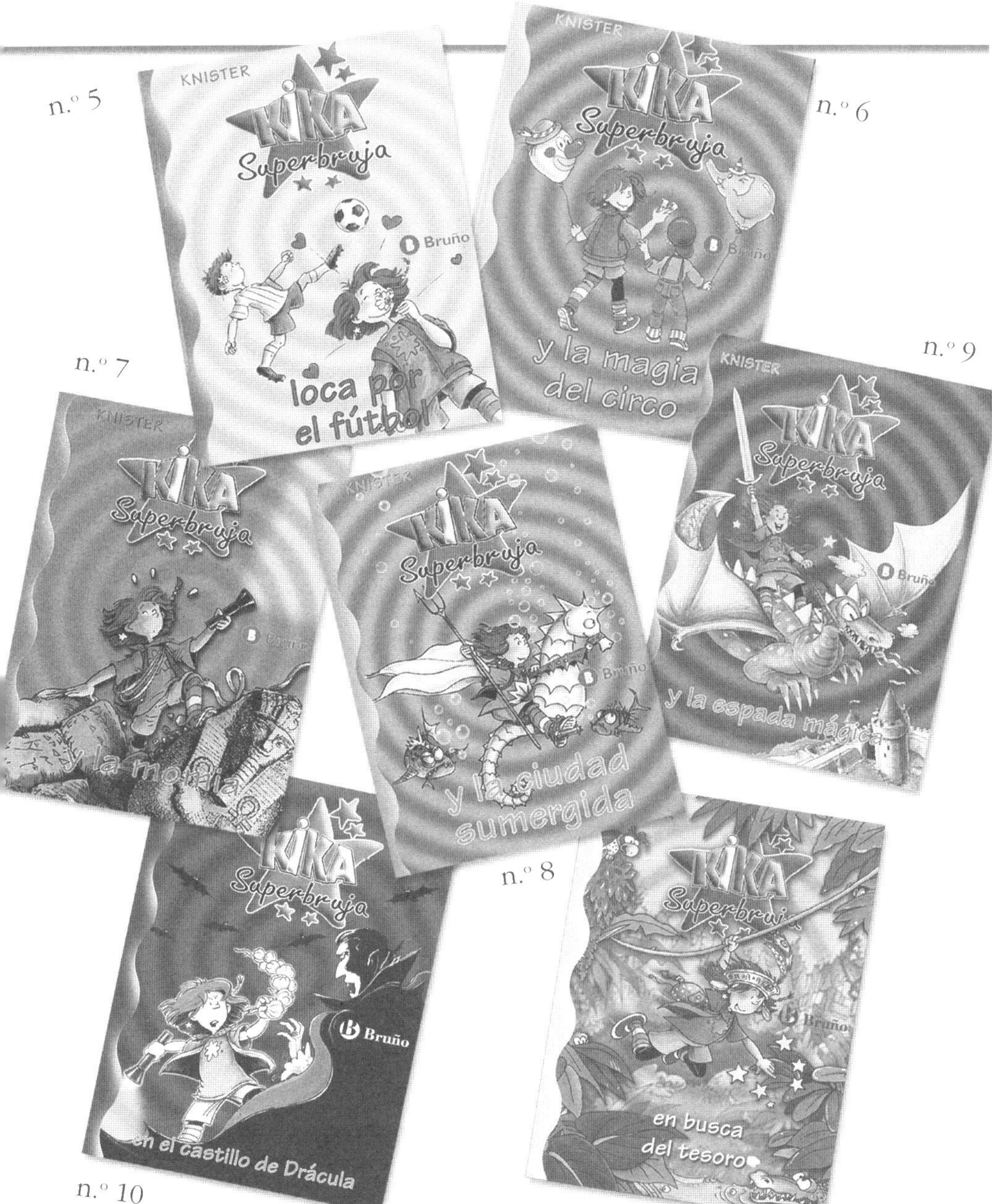

n.º 5

n.º 6

n.º 7

n.º 8

n.º 9

n.º 10

n.º 11

Kika Superbruja y Dani

Diviértete con KNISTER

n.º 1

n.º 2

n.º 3

Yoko

n.º 1

n.º 2

n.º 140

n.º 149

alta mar

quique&lucas locopilotos

n.º 1

n.º 2

n.º 3

n.º 4